KB122701

2막 그리고 새로운 빛

개미

동인시집

2막 그리고 새로운 빛

가온누리 · 새벽빛

발간사

 2011년에 24권 24,000권에 이어 두 번째 시집을 내면서 반추를 해봅니다. 삶의 질곡 속에서 살아온 날보다 살아갈 날에 이 창작집으로 인해 위로가 되길 바라는 마음이 간절합니다.

 대한민국장애인창작집필실이라는 타이틀 처음으로 달던 때가 빈 하늘에 달을 매달던 마음이었습니다.

 이번 선정 작가와 작품집은 반향이 커지기 시작했습니다. 자기 몸을 온전하게 운신하지 못하는 이들이 모여 만든 동인시집을 비롯해 지역적 교류를 시작하였고, 개인시집 4권, 2인 시집 1권, 지역 일반인 개인 시집을 1권하여 총 7권이 발간됨에 있어 새로운 가능성의 환희를 체험하고 있습니다.

 대전시와 대전문화재단의 관심과 지원 그리고 후원은 커다란 시대정신의 한 축이 되기에 충분합니다. 한국문학의 새로운 정신의 발로가 이곳에서 비롯되기를 바랍니다. 하루의 삶이 버거운 이로부터 내일의 희망이 갈급한

이들까지, 그리고 같은 시대를 사는 눈높이를 같이하는 모든 약자들에게 바칩니다.

공모에 응해주신 작가분들에게도 축하와 감사를 드립니다. 아울러 심사위원 박덕규 교수님을 비롯해 계간 문학마당, 갤러리 푸른창, 갤러리 예향 좋은친구들, 갤러리 예향 한국장애인문화네트워크, (사)한국청소년영상예술진흥원, 최영란 무용단, 착한봉사단에 감사의 마음 전합니다. 특히 장애인 작가들의 육필로 쓴 원고를 직접 타이핑해 주신 권태정, 조은경, 강건규 등 일일이 말하지 못한 모든 착한 마음에서 읽는 독자에게 이 책을 바칩니다.

2013년 12월
장애인인식개선오늘
대표 박재홍

동인시집
2막 그리고 새로운 빛
차례

2부
수원새벽빛장애인야간학교 문학창작반

1부
가온누리야학 문예창작반

한 해 동안 비가 오거나 바람이 불거나 행여 가고 오는 길 우리 문학교실 가족들이 힘들지나 않을까, 매주 목요일은 그렇게 애타는 마음으로 아침을 맞아야 했습니다. 한 주에 한 번이지만 이날을 기다리는 우리 식구들을 위해 부족한 저는 책을 읽고 좋은 말들을 모으고 예쁜 단어들을 찾는 부지런을 떨어왔습니다. 우리 가온누리 가족들이 한자리에 모여 앉은 게 어느덧 다섯 해가 되었으니 새삼 세월 빠름을 느끼며 흐르는 세월만큼 밝아져가는 모습들이 떠올라 흐뭇한 기쁨 한 자락이 가슴을 적십니다.

장애에 편견을 없애고 세상에 중심이 되어보고자 우리 학교 이름을 가온누리라고 지었지만 아직은 성급하고 거친 세상 사람들이 휘휘 찬바람을 일으키며 바쁘게 지나쳐가고 누구 하나 바라 봐주는 이 없습니다. 하지만 우리는 내일을 위해 나를 위해, 그리고 찬바람 무서워 아직도 고개를 들지 못하는 또 다른 친구를 위해 오늘도 한 편의

시 같은 메시지를 전합니다.

우리 가온누리 식구들은 20세부터 65세까지 다양한 연령층에다 모두 다른 장애를 가졌습니다. 하지만 단 한 사람이라도 보이지 않으면 서로를 찾고 손이 불편하면 손을 빌려주고 다리가 불편하면 휠체어를 밀어주며 혹시라도 무슨 일이 있을까 걱정하고 염려하는 깊고 깊은 사랑을 키워왔습니다.

부족한 제가 우리 가온누리 학생분들 보다 무엇을 더 알아서 창작을 돕겠습니까? 그저 저는 열심히 격려하며 귀 기울여 무슨 말이든 들어 주고, 그래서 세상으로부터 받은 상처를 조금이나마 씻어주려 노력할 뿐입니다. 그것이 제가 할 수 있는 일이고 그 나머지 정말 크고 훌륭한 일들은 스스로 최선을 다하여 하고 있는 것입니다. 지난해에 이어 올해도 최고의 작품들을 한자리에 모아 시화전을 열었습니다. 그때 우리 모두는 뿌듯한 자부심과 넘치는 행복감을 다함께 맛보았습니다.

이제 우리는 그 솜사탕보다 더 달콤한 행복의 맛을 아직도 세상 찬바람 무서워 모습을 드러내지 못하고 있는 친구들에게 전하려고 이 시집을 펴내려합니다. 여기에 담긴 한숨과 노력 그리고 보람과 행복들을 여러분 모두

함께 나누어 갖지 않으시겠습니까?

　끝으로 우리 가온누리 식구들의 작품을 자랑할 수 있
는 기회를 마련해주신 문학마당 모든 관계자님들에게 깊
이 감사드립니다.

2013년 12월
가온누리 교장

공다원

겨울 민들레 외2

권훈자

차갑게 서리 내린 들판,

홀씨 되어 날지 못한 하얀 민들레

털모자 쓰고 '얼음' 되었네.

미처 준비 못한 겨울옷

살얼은 초록 잎이 오들오들 떨린다.

소곤소곤 이야기하던 갈대들

털부채 활짝 펴 울타리 되어 주고

발걸음 종종 키 작아진 햇볕

민들레의 몸을 녹이네.

달맞이꽃

달맞이꽃 피는 순간 본 적 있나요?
냇가에 달구어진 돌멩이 식어질 때
조용히 앉아 기다리며는
파다닥 피어나는 달맞이꽃 볼 수 있어요.
조용히 앉아 기다리며는
채송화꽃 안에 별을 본 적 있나요?
화단에 꽃들이 만발할 때
쭈그리고 앉아 들여다보며는
별을 품은 채송화 볼 수 있어요.
쭈그리고 앉아 들여다보며는

봄의 힘

나무는
땅속 깊은 우물을
힘 있게 퍼올려
가지 끝까지
연둣빛 물을 채운다.

작은 손님 큰 기쁨 외1

김경희

오늘은 토요일 내 작은 손님 오는 날

오늘은 무슨 요리를 할까? 오늘은 무슨 간식을 먹을까?
살며시 문이 열리고 참새 같은 목소리 들리네.

"할머니 은이 왔어, 고은이 왔어."

젊은 시절 사는 게 바빠
지아비는 정 주어 한번 안아주지도 못했는데
고마운 내 손녀가 품에 안기네.

"할머니, 할머니는 눈 안 보이니까 은이가 도와줄게."

계단 앞에서 다섯 살 조가비 같은 손을 내 손에 포갠다.
젊은 시절 삶에 쫓겨
언제부턴지도 모른 채 병은 깊어졌고 시력마저 잃었는데
바싹 마른 내 가슴에 봄바람을 일게 하네.

희망의 샘

삶이 힘겨워 고목이 되어 버린 줄 알았던 내 가슴에

알알이 희망의 열매 맺힌다.

새 기운을 솟게 하는 소중한 시간의 샘물

답답했던 마음 새 빛 깃들고

거친 마음 옥토로 거듭나니

이곳 배움터가 희망의 샘이요,

새로운 꿈을 꾸게 하는 요람일세.

마음의 빛 1 외1

김대중

마음의 빛에게

안녕? 나의 마음의 빛아! 이젠 건강하고 긍정적이니?

나는 김씨로 불리는 인간 세상의 황인종인 한국 사람이야.

시각장애를 가지게 되어서인지 아니면 스스로가 그러한 것인지는 잘 모르겠지만

육신의 눈으로 세상을 뚜렷하게 보지 못하게 된 중학교 때부터

마음의 눈을 뜨게 된 것 같아.

누군가 이야기했었지 세상에는 육신의 눈과 영혼의 눈 그리고 마음의 눈이 있다고.

육신의 눈은 부모에게 받는 것이요,

영혼의 눈은 신과 수행을 통한 깨달음으로 받는 것이며,

마음의 눈은 타인을 생각하면 생겨나게 되는 것이라고.

나에게도 어느 날부터 마음의 눈이 생겨난 것 같았어.

그리고 나는 그 눈을 통해서 마음의 빛, 바로 너를 보

게 된거야.

  그리고 나는 순간순간 너의 모습이 변한다는 것을 알
고 있단다.

  검어져 침울해지고,
  파랗게 행복해하고,
  빨갛게 화내다,
  다시 하얗게 비워버리는 너.
  나는 파란 너를 많이 보고 싶단다.
  노력할게 약속할게
  너를 행복하게 해줄게.

마음의 빛 2

그날은 내가 안내견을 끄는 친구와 영화관을 가게 되었지

그런데 안내견은 개라는 이유로 절대 영화관에 같이 들어갈 수 없다는 거였어.

거기다 영화관 직원은 우리를 보며 말했어.

집에나 있지 굳이 영화관까지 왔냐고 조금의 망설임 없이 불평을 했어

그날 돌아오는 길에 나는 보았어.

네가 빨갛게 모습을 들어내더니

이내 검게 변해 가는 걸.

미안해. 가끔은 내 노력만으로는 너와의 약속을 지키지 못할 때가 있구나.

땡볕 외2

김백

버스는 나를 기다려 주지 않았고 내 집은 가깝지 않았다.
벌써 세 대째 버스는 그냥 지나친다.
나는 시계를 보지 않았다.
따가운 땡볕이 나를 말릴 듯 머리 위에 쏟아진다.
하지만 나는 고개를 숙이지 않았다.
나를 피해 가는 사람들보다
따가운 햇살이 더욱 고마웠기 때문이다.

사람답게 사는 길

여러 장애인 한자리에 모여
인권강의를 들었다.
온갖 장애인이 마음 터놓고
생각을 나눴다.

모두가 품고 있는 생각도 다르고
비틀거리고 더듬거리는 장애도 다르다.

이리저리 돌려 말하고
좀 더 힘주어 말해도
우리의 생각은 하나, 우리의 마음은 하나.
우리는 사람답게 살고 싶다.
우리는 사람다운 권리를 찾고 싶다.

세상 속으로

나는 세상 속으로 걸어 들어간다.
29년을 살고도 걸음마를 제대로 못 배우고 비틀거리
지만
이제 세상 속으로 한 번 들어가 보려 한다.

힘겹게 걷는 내 어깨를 누군가 새차게 밀친다 해도
넘어진 흙바닥에서 곧장 일어나지 못한다 해도
그 위로 소나기가 쏟아진다 해도
나는 한 번 세상 속으로 걸어 들어가 보련다.

밥그릇 춘추전국시대 외4

김선봉

나라가 망하든 말든
지 밥그릇만 챙긴다.
나라는 중요하지 않다.
중요한 건 밥그릇뿐.
어떻게 세운 나라인가?
이리 망가져도 괜찮은가?
법은 엿 바꿔 먹었고
정의는 처음부터 없었다.
원칙은 가출한 지 오래.

지식인들은 눈치나 보며
자기 이익만 저울질한다.
국민들도 상황만 살피며
이리저리 곁눈질만 한다.
모두가 눈치를 살피느라
정의는 잊은 지 오래다.

밥그릇 춘추전국시대,
정의는 찾는 이 없어 대성통곡하고 있다.

천상천하 유아독존

나는 항상 옳아야 했고
세상의 중심은 나여야 했으며
절대로 실수하면 안 되었기에
세상은 늘 문제가 많아야 했다.

내가 틀릴 수도 있음을
생각조차 못하였기에
난 스스로 전지전능한
신이 되어야 했다.

나의 잘못된 믿음은
나를 힘들게 하였고
왜곡된 나의 생각은
날 고통스럽게 만들었다.

가을 낙엽과 인생

가을에 나뭇잎이 떨어지는 건
지극히 자연스러운 현상이다.
나뭇잎이 떨어지는 이유를
아무도 물어보지 않으며
아무도 알려고도 않는다.
정해진 수명을 다했기에
나무에서 떨어질 뿐이며
이것은 아무도 막지 못한다.

인생이라는 삶의 여행 역시
탄생의 순간 죽음이 기다린다.
죽음이라는 삶의 과정을
자연스런 현상으로 받아들이면
현재 삶은 더욱 풍요롭게 된다.

피해갈 수 없는 엄연한 죽음의 과정이
교만보단 겸손해질 수밖에 없게 만들며
삶을 이해하지 못할 때 거만하게 된다.

삶은 우리에게 아무것도 약속하지 않으나
우리가 삶을 이해할 정도의 시간은 준다.

인생이란 짧은 시간으로 삶을 이해하기에는
넉넉하지 않으며 생각의 함정도 도사리기에
최종지점까지 도달하기에는 매우 험난하다.
시작이 있기에 끝이 있는 것과 마찬가지로
삶이 있기에 죽음이 있는 것이므로
삶을 제대로 이해한다면 죽음마저도 아름다울 것이다.

계절의 선

모든 이들이 가을이 되면 이별의 기운을 느낀다.
그러나 나는 가을이 만남의 계절이라고 소개하고 싶다.

여름과 겨울이 만난다.
둘은 누구에게서인가 서로를 소개받는다.
그 소개장이는 우리가 잘 알고 있는 가을인 것이다.
가을은 그래서 중매쟁이다.
여름과 겨울은 가을의 중매로 만나 서둘러 결혼한다.
그리고 아이를 낳는다.
이 아이가 곧 봄인 것이다.
그들의 시대는 간다.
여름과 가을과 겨울이 그렇게 지나간다.
그리고 새로운 시대가 열린다.
그런 점에서 가을은 착한 중매쟁이다.
아무 조건 없이 그들의 행복만을 위해 소개시켜 주니까.

송년회

12월 31일 송년회에 참석했다.

아파트 1층을 빌렸지만 우리 모두는 다섯 칸 계단을 무서워했다.

어찌어찌 그 장벽을 넘었다.

이윽고 일행들이 모였다. 한 해의 아쉬움을 한 잔의 소주와 족발로 달래야 했다.

망년회 만찬을 위해 희생된 돼지 군과 한겨울의 추위에도 벌거벗은 치킨 양에게 감사함을 전한다.

하루살이는 하루를 산다. 그러나 내일도 하루살이는 그 자리에 또 있다.

2011년 한 해는 그렇게 가고 있었다. 그때 문밖에서 얼쩡거리는 검은 그림자를 보았다.

이마를 자세히 보니 2012년이라고 써 있었다.

그리움이 담긴 세숫대야 외3

박진옥

낮은 처마에 물결처럼 흐르는 푸른 빗물받이.
푸짐하게 핀 흰 국화 꽃잎이 잿빛으로
타들어간 가을 끝 무리.
마당 한켠, 커다란 고무 대야에 반쯤 찬
말간 물 우물.

노란 양은 세숫대야에
물 한 동이 푸두둑, 붓고
그 위로 여우비 한 자락.
동그란 빗방울에 번지는 층층 계단 닮은 파문.

물 계단 허물며 떠오르는
밭고랑 닮은 낡은 손등 하나.

빨랫줄에 걸린 마른 수건 건네주며
검버섯 핀 손등의 내 늙은 어머니.

"차갑다. 감기올라. 그만 들어오렴."

반갑고 정겨운 목소리.

만추의 어느 재회

만추의 한낮.
금빛 태양과 눈 맞춤이련가.
아스팔트에 적나라하니 누워
온몸 드러낸 노란 은행잎.

햇빛 면한 창가의 커피숍.
뜨거운 찻잔 두 손으로 감아쥐고
앉은 지친 낯빛의 오십대 중년 여인.
마주 앉은 이십대 잘 생긴 청년.
비어버린 찻잔의 손잡이만 만지작거리다
"갈게요."
푸스스 일어나 성큼성큼 커피숍을 나간다.

잘 자란 청년이 떠난 자리엔
일곱 살 사내아이 남아
땟국물 가득한 조막손 내민다.

십오륙 년 전 헤어진 아이 손은

여전히 몽실몽실해
사치스런 습기가 기침처럼 눈꼬리에 걸린다.

"잘 지냈니?"
"잘 자랐구나."
"미안하구나."

세 마디밖에 못한 입술이
잘근잘근 제 살을 씹고
흐린 시야에 비치던
파란 불꽃 일렁이던 눈과
비틀린 입술 위로 걸렸던 팔 괴고 누운
초승달 끝이 잘 벼린 비수처럼
단박에 파고든다.

식은 찻잔 고스란히 두고
주름진 치마 움켜쥔
낡은 손 스르륵 놓고

하얗게 질린 지팡이 짚고
허이허이 커피숍을 나선다.

따닥따닥 지팡이질.
전신주 치고, 바닥 치고, 여인의 한숨까지 치고.
움켜쥔 심장의 통증을 치고,
멀찌감치 따라 걷는
잘 자란 청년의 가슴마저 치고 있다.

해바라기 드러누운 은행잎이
휘리릭, 두 사람 사이에
상실과 그리움으로 흠뻑 젖어
시간의 날 선 손톱이 되어 웅그리고
할퀴려 달려들다 허방다리 짚듯 비틀 넘어진다.

계절을 찍는 꼬마 사진사

핸드폰을 손에서 놓을 줄 모릅니다.
스위치를 눌렀다, 다시 끄고 또 켜고,
칠흑처럼 어두운 장막이 켤 때마다 환한
빛의 커튼으로 변하며
화려한 장미꽃 넝쿨을 입체화시킵니다.

색 바랜 하얀 담장 위에서 금세라도 우르르
쏟아져 내릴 듯 붉은 꽃무리가 가슴으로 시리게
파고듭니다.

"엄마 핸드폰에 여름이 가득 차 있네.
너무 예쁘다."

벌에 쏘여 발갛고 퉁퉁 부어오른 볼이 마치
복어배 같습니다.
불룩, 불룩.
복어배가 웃고 있습니다.
"엄만 이제 꽃이 잘 안보이니깐, 내가

이쁜 꽃 많이 찍어 보여줄게."

봄이면 개나리, 진달래, 철쭉.
여름이면 아카시아, 장미꽃.
가을이면 시린 색감으로 물든 낙엽.
겨울이면 아무도 밟지 않은 눈길까지.
점점 흐려지는 엄마의 눈에 계절을 옮기느라
무시무시한 벌이 제 볼에 앉은 것도 모릅니다.
연신 셔터를 누릅니다.
찰칵, 찰칵.
계절을 찍는 꼬마 사진사.

제 눈엔 어미 눈을
어미 마음엔 제 마음을 담습니다.
두 눈이 함께 웃고, 두 마음이 함께
서로를 부둥켜안고 눈물 짓습니다.

저승 달 등불

군데군데 떨어져 나간 색 바랜 초록색 대문짝.
엇갈린 경첩으로 무너져 내린 문짝 너머로 취객들의
떠들썩한 목소리도 사그라지고, 눈물바람 일구던 아낙
도 지쳐 쓰러지고.
회백색 문간 벽에 팔 걸고 흔들흔들
노오란 주름치마 속에 낡은 손 그러모아 빛 숨기었네.

컴컴하고 낯설고 두렵기만 한 길
마음들 켜켜이 쌓인 설은 눈동자들
고이 모아 불 밝히었나.

휘청휘청 허이 허잇!
갈지자의 커다란 춤사위.
양팔 벌려 허공을 휘휘 젓고
걸어온 발가락 끄트머리 돌아보며
불 밝히셨나

눈꼬리 달린 은빛 편린들

입꼬리 달린 허수아비 웃음에 쓰러지고
추욱 처진 어깨 위로 바람결 따라
후우후우 입김 불어주네.

낯선 이 따라 걷는 걸음이
가는 듯, 멈추는 듯 보네.
둥실 뜬 저승 달 등불이
서러운 그림자 끝을 밟네.
젊은 상주 빈 얼굴 끝 타들어가는 담배꽁초가
등불 따라 흔들리며 젖어드네.

추억의 호도 외1

신은희

대천에서 배를 타고 하늘과 맞닿은 듯
끝없이 펼쳐진 바다를 달리고 나서야
만날 수 있는 섬 '호도'

호도는, 여우가 우거진 숲속에서 움츠리고 있으면
잘 안 보이듯 서해안에 그 모습을 숨기고 있었다.

호도는 여인의 부끄러운 몸짓처럼
바닷물이 빠지고 나면 숨겨두었던
눈부신 은빛 백사장을 살며시 드러낸다.

그리고 호도는 또 하나의 보물을 가지고 있었다.
그것은 바로 굴이다.

푸른 미역과 함께 바위에 붙어 있는 굴을
조새(쪼세)라 하는 기다란 쇠꼬챙이로 따는 주름진 손

순식간에 소쿠리에 한아름 가득 차고

주름진 손길은 따온 굴을 검정 무쇠솥에 넣고
김이 모락모락 나도록 쪘다.

입을 꽉 다물고 있던 굴들이 쩍쩍 입을 벌렸다.
"진짜 맛있당께. 얼마나 맛난지 몰러! 묵어봐"

잃어버린 나

내 나이 마흔둘 무엇이든 다시 시작하고 싶다.

내 마음의 녹슨 거울을 닦을 수 있는 신비의 약을 찾아

맑고 빛나게 내 마음의 거울을 닦아내고 싶다.

하지만, 이 간절한 바람도 곧 돌아서면 다시 검붉은 녹
이 덮어버리고

나는 오늘도 내 마음의 거울을 닦아낼 약을 찾지 못한
채 제자리를 맴돌고 있다.

쓸쓸한 축제의 날 외1

오정환

내일은 즐거운 추석이란다.
어머니도 동생도 언니도 한자리에 모여 앉았다.

송편을 빚고 전을 부치며 저마다 할 말을 쏟아내고,
웃음소리는 천장을 부풀려 올릴 듯 요란하다.

빈방에 돌아앉아 그 소리를 들으며,
언제쯤 내 이름 불러줄까 기다리다 조심조심 문을 연다.

아~ 기어이 듣게 되는 소리는 칠흑 같은 한마디,
'예야! 넌 들어가거라. 뜨겁다. 다친다.'

나도 할 수 있는데, 나도 할 수 있는데.
장애인이 된 뒤 언제나 명절은 쓸쓸한 축제의 날이었다.

새 식구 까망이

누구의 선물인가 불쑥 찾아온 까만 털실 뭉치
보들보들 윤기나는 감촉에 온 가족 서로 안아보려 하네.

쏘옥쏘옥 쌔앵 잘도
손 사이로 빠져 달아나네.

깊은 밤 머리맡에서 함께 꿈나라 가자 하네.
아침이면 어서 일어나 밥 달라고,
발가락 깨물어 잠 깨라 하네.

온 방 가득 신문지 장판 새로 깔고
물방울 지도 그려놓고 살랑살랑
꼬리 춤추며 부르네.

까만 털 뭉치 또글또글 굴러와
동장군 서슬 퍼런 바람 헤치고
보글보글 따스한 온기
온 집안에 가득 풀어놓았네.

행복을 만드는 아픈 손가락 외3

이규옥

옛날 어느 시골 마을에 한 여인이 있었습니다.
한 가정의 외동딸로 태어나
남부러울 것 없이 곱게 자랐습니다.

그러던 어느 날
부모님의 뜻대로 한 남자를 만나
새로운 가정을 꾸렸습니다.

삶이 힘들고 괴로워도 외롭고 무서워도
오직 다섯 손가락 같은
자식들의 행복만을 위해 참고 견디며
지금까지 살아왔습니다.

깨물어 안 아픈 손가락 없다 하는데

그녀에게는 깨물지 않아도 보고만 있어도
마음을 저미는 듯 아픈 손가락이 있었습니다.

그녀에게는 무엇이든 다 해주고픈
장애인 딸이 있었습니다.
얼마 전 남편을 먼저 떠나보내고
아무 힘도 없는 딸을 의지하고 사십니다.

옛날 장애인 딸이 엄마가 전부였듯이
이제는 장애인 딸이 엄마를 위해
하루를 준비하고 웃음을 만듭니다.
이제는 아픈 손가락이 그녀에게 행복을 가져다줍니다.

그녀는 바로 소중한 우리 엄마입니다.

나는 엄마다!

나는 작고 어린 엄마.
우리 귀여운 아기는

기분이 좋을 때면
온몸으로 아낌없이 표현하고,
무섭고 두려울 때면
내 뒤에 숨고,
맛있는 것 주면
촐랑촐랑 춤을 추고,
낯선 이 찾아오면
번개같이 달려나와 무섭게 화를 낸다.

예쁜 옷 갈아입지 않아도
그저 복슬복슬 귀엽고 예쁜 모습.
내 작은 품에 안겨 새근새근 잠든 너의 모습
바라보고 있으면 행복에 젖고,
생각하면 입가에 미소가 떠오르는

우리 귀여운 아기 강아지!

참 모습

나는 빨간 사과와 들국화를 좋아한다.
그리고 나는 노랑 풍선과 분홍색 모자를 좋아한다.

나는 분홍 모자를 쓰고 한산한 들국화 핀 길을 힘겹게
걸어서 사과밭으로 갔다.
내 한 손엔 노랑 풍선이 들려 있었고 풍선은 내가 외롭
지 않게 천천히 나를 따라왔다.

하지만 사람들은 불편한 내 몸짓만 보고 나와 내 풍선
은 보려하지 않았다.
그래서 나는 분홍 모자를 깊게 눌러쓰고 노랑 풍선을
놓아버린 채 들국화 핀 그 길을
힘겹게 다시 걸어 돌아오고야 말았다.

까치의 소원

까치 한 마리가 날아오더니 마루 위에 널어놓은 땅콩을 보고 마루 한 귀퉁이에 내려앉았다.
자리를 잡고는 '깍~깍' 소리 내어 울기 시작했다.
또 까치 한 마리가 날아와 그 옆에 자리를 잡고 앉았다.

그 모습이 신기하고 예뻐 자세히 보려 가까이 다가가자 퍼드득 날아가 버렸다.

이른 오후에 까치 한 마리가 또 날아왔다.
까치는 마루 위에 널어놓은 땅콩을 보고 한 귀퉁이에 내려앉았다.
자리를 잡고는 '깍~깍' 소리 내어 울기 시작했다.
또 까치 한 마리가 날아와 그 옆에 앉았다.
나는 까치에게 미안해 소리를 죽이고 지켜보았다.
방문이 열리면서 엄마의 목소리가 들렸다.
까치들은 퍼드득 날아가 버렸다.
사흘째 되던 날 까치들이 날아가며 하는 말을 나는 들었다.

'에이~ 오늘도 또 못 먹었잖아'
'내일은 꼭 먹어야지'.

꽃샘추위 외1

'꽃샘추위' 라는 단어 하나 속에,
사랑을 지키려는 독한 여인의 집착이 보이네.

꽃샘추위라는 단어 하나 속에,
다가오는 봄 처녀를 시샘하는 가련한 여인의 서러움이
보이네.

꽃샘추위라는 단어 하나 속에,
봄꽃 닮은 소녀의 붉은 뺨이 보이네.

꽃샘추위라는 단어 하나 속에,
아지랑이 닮은 새 꿈이 보이네.

문학교실 송년회

문학교실에 입강하고 첫 송년회를 맞았다.
무척이나 마음이 들뜨고 설렜다.
모두들 불편한 몸이니 아파트 1층에 사는 우리집에 모였다.
나이가 가장 많은 나는 어른답게 많은 것들을 준비하고 싶었다.
하지만 날씨는 내 마음도 모르고 너무나 추웠고,
추운 날씨 탓에 몸은 내 말을 잘 듣지 않았다.

건강을 잃고 가족을 잃은 나는 사랑을 잊고 살았다.
그런데 오늘 나는 다시 행복을 느꼈다.

환하게 웃는 얼굴 사이로 피어나는 삶의 기운을 보았고
정이라는 글자를 가슴마다 붙인 소중한 내 식구들을
다시 찾았다.

새 출발 외1

장경하

오늘은 초등학교 입학식
교문에 들어서자
이제 막 피어나는
봄꽃보다 더 예쁜 사람 꽃이 우리를 반기네
운동장 가득, 엄마의 가슴 가득, 온 세상 가득 봉오리
를 피우려고

노란색, 빨간색 옷을 차려입고
지지배배 참새처럼 지저귀며 온 운동장을 장식한다.

1학년 학생들의 올망졸망한

꿈

나는 오늘도 꿈을 꾸며 교회 책상을 닦는다.
언제쯤일지는 모르지만 나의 장애를 이기고 세상 속으로 들어가는 꿈을 꾼다.

저만치 교회 새 친구가 오고 있다.
나는 반갑게 인사를 했고 그 친구는 고개를 돌리며 지나쳐 간다.

나는 텅 빈 교회 마당을 쓸며 꿈을 꾼다.
언제쯤일지는 모르지만 나의 장애를 이기고 힘껏 달리는 꿈을 꾼다.
저만치 유년부 선생님이 오고 있다.
나는 반갑게 인사를 하고 선생님은 얼굴을 보이지 않은 채 작은 소리로 대답한다.
나는 마른 나뭇가지를 치며 꿈을 꾼다.
나는 쓰레기를 치우며 꿈을 꾼다.
또 나는 잠을 자며 꿈을 꾼다.
다시는 깨고 싶지 않은 행복한 꿈을 꾼다.

사춘기 외4

천정옥

나는 보았어요.
영롱한 소녀의 눈빛이 이글거리는 활화산처럼 미치광
이로 변해 가는
소녀를 나는 지켜 보았어요.
오늘도 방문을 쾅
저만큼이나 마음의 문고리도 채웁니다.
어디로, 무엇을, 찾아 헤매고 있는 걸까요
얼마나 깊은 수렁에 빠져 허우적거렸는지
온몸이 상처투성이고
눈물이 고인 눈에는 슬픔이 가득합니다.
그저 나는 바라만 봅니다. 그리고 기다립니다.
영롱한 눈빛을 가진 소녀를.

등산

오늘도 서둘러 등산복을 챙겨 입고
등산화 끈을 단단히 조여 묶고 등산 배낭을 둘러메며
홀리듯 산으로 간다.
이렇게 모여드는 사람들은 제각각 등산의 목적을 가지
고 부지런히
산속으로 사라져 간다.
앞만 보고 정상을 향해 내달리는 사람
산중턱에 둘러앉아 막걸리판에 취해 등산은 이미 잊은
지 오래된 사람
혼자서 멀리 내려다보이는 산을 바라보면서 골똘히 생
각에 잠기는 사람
누구나 할 것 없이 우리의 시작은 등산이었다.

친구

수많은 인연 중에 너와 나 친구로 만났다.

만나면 한없이 반갑고 서로에게 안부와 위로를 건네기
바쁘다

헤어지면 아쉽고 그립다

소식이 뜸해지면 걱정부터 앞선다.

너와 나 어떤 인연으로 만났기에 핏줄보다 끈끈하고
종교보다 거룩하다.

너와 나의 운명 속에 깊이 빠져 있는 우리는 친구다.

아버지

젊은 시절 의기양양 음주가무에 청춘을 불태우시던 아
버지
내 가슴에는 아버지에 대한 미움과 원망으로 가득 채
웠네.
평생을 아버지는 가해자로 나는 피해자로 올가미 속에
가두었네.
오늘 늙은 아버지는 간암이라네.
아직 미워하는 마음도 다 거두지 못했는데 아버지를
가해자로 가두어 둔
올가미를 풀지도 못했는데 내 욕심으로 미움과 원망
속에 아버지를
또 다른 피해자로 만든 못난 자식은 용서받지 못할 죄
인으로 하루를
눈물로 보냈네.
오늘도 팔순의 아버지는 앙상한 뼈만 남은 채 과일이
며 야채며
갖은 양념을 챙겨 보내 준 택배가 이제야 도착했네.
두 개의 박스 속에 아버지의 고단했던 삶을 처음으로

보았네.

한 번도 해보지 못한 말 "아버지 사랑합니다."라고 말
하네.

남편

산전수전 겪으며 살다보니
눈이 오면 눈이 오는 대로 소담스럽고
비가 오면 비가 오는 대로 고즈넉하고
바람 불면 바람 부는 대로 시원하고
천둥 번개가 두렵지 않더이다.
내게는 묵묵히 곁을 지켜준 남편이 있었기에

殺 외9

홍승표

해지는 바다, 수평선
번득이는 날카로움이 넘실댄다.
수천 년의 그 수천 배를 술렁이며
진실 없는 세상을 목 베어 왔으니
황혼이라 예찬하는 저 빛의 산란에
목 베인 자들의 아우성 또한 넘실댄다.

나는 오금이 저려온다.
내 차례가 되었구나
번뜩이는 날
내 목아지 떨어질 날

찰라
어둠 속에 사라지고
어디선가 밀려오는 규칙적인 고통
바다의 숨소리
나는 다시 자궁 속으로 들어가
섬을 듣는다.

어머니의 고단한 숨소리.

다시 열리는 아침까지
또 산고를 겪으실 울 어머니
나를 토해내시겠지만
나는 두렵다
다시 서슬 퍼런 칼날에 피 흘리며 쓰러질 내일이

내 집은 어디인가?

두려움 없는 사람

삶이 구렁텅이 속에서
부활을 꿈꾸고 있을 적에
당신은
미적분으로 분해하지 못할 것이 없다면서
이 삶을 산산조각 내어놓은 채로
헤아리고만 있으니

설령
오늘이 부패하여
악취를 풍기며 썩어갈지언정
걱정은 금물

온 생애가 그렇지
분해 못할 건 또 뭐구
안될 것이 어디 있느뇨?

이력서

태어나던 해에 겨울이 길었다
그 겨울이 저물기 전에 어머니는 나를 세상에 덩그러
니 던져 주시고
그 겨울이 저물자 서른이 되었다.

11월

황혼 없이 긴 겨울이 온다
턱을 괸 시린 손등으로
외로움만큼이나 무성한 수염자락이
삶의 허허로운 바람을 일으켜
가슴속은 추위보다 먼저 시리고 아프고 쓰리다

긴 그림자를 거두어간 사람은
눈발마다 어리고
곤두박질하다 말고
나는 환한 세상을 바라보지만
아프다
아프다
멍이 든 하늘에 송이송이 그 사람 눈빛이
무성하다
가득하다

뛰어 노는 나이

아무런 기색도 없이 기우는 황소의 빛이
시커먼 논바닥에 긴 그림자 드리우는
十月이 어그적거리며,
어두워질 때까지 놀았다.

남은 것 없이 떠밀리어,
빈 소주병이 둥둥 떠밀리어,
시내川에서 사라져 가는 구부정한 나이의 시월이 와도
그 암갈색의 소년이 논둑길을 거닌다.

어두워질 때까지
지푸라기로 둘둘 말아 맨발로 헤치던
―황소 눈동자 같은― 둥근 공을 닮은 저 달을 향해
구부정한 나이로 헛발질을 해댄다.
혼자서
혼자서만

등대

바람을 맞으면서도
사철 노여움 없이 고독하여라
어둠 속에서
어둠 속에서 고독한 영혼을 이끌어,
이끌어 제 길을 알려주리니
소금기 배인 몸둥이를
피해 가는 영혼이여

그대의 고집도 꺾이고
거품 속에서
불꽃으로 앞 다투며 서는 것은
처음부터 사랑했고
지금도 그러하기 때문이다

춘천 가는 막차

석양 드리운 지는
어둠처럼 가물거린다
서늘함이 팔뚝으로 내려앉자마자
온통 석류처럼 빨개지는 몸뚱이
아지랑이처럼 스멀스멀대는
成熟
주책스런 망각
"서울처럼 잊기 쉽고
달아오르기 쉬워진"

막 떠날 채비를 하며 뒤를 보는데
불그스레 만월이 기웃거린다
소양호에 묘한 웃음을 짓는다

그믐

변기를 내리니
지난 내 모든 가능성이
작은 구멍 틈새로 사라져 버렸다.

나서며
한사코 균형 잡힌 것이 없는 세상이라며
아랫배를 쓸었다.

내 사고는 한국적인가?

시인의 죽음

나를 견디지 못하고
수만의 아우성이 나풀거리고
바람에라도 날리리다
"입술은 뜨거운 것인가?"
견디지 못하고
"가슴은 속되고 속되었네"
용납치 못하고
영영
누구도 맞이하지 못하고
아우성 속에
한 방울 이슬로 맺지도 못하고
영영
떠돌다
떠돌다 지는
바람에 잊혀지는가?

일생을

기다린다
기다린다고 생각하며

우리를 기다리게 한 것은 무엇이었을까?

가만히
수면 위에 까닥까닥
낚시찌를 응시하다 말고
나는 그 자리를 뜬다

무엇을 낚으려고 여기에 있는가

2부
수원새벽빛장애인야간학교 문학창작반

새벽빛은 아름답지만 완전한 빛은 아닙니다. 광선이 대기를 통과하는 시간이 길어 파장이 긴 색만 대기를 통과하기 때문입니다. 광선은 먼지에 부딪혀 산란하게 되고 이때 붉은 빛이 퍼집니다. 우리의 이야기는 먼 시간을 지나 이곳으로 오고 있습니다. 우리의 말과 우리의 문장은 많은 굴절을 경험하고 있습니다. 새벽빛이 먼 거리를 지나 우리에게 오는 것처럼. 하지만 그 굴절과 산란으로 인해 우리의 말이 하나의 시와 하나의 이야기로 태어나는 과정을 우리는 봅니다. 우리 이야기의 전령은 아직 도착하지 않은 바람입니다. 우리 이야기의 전령은 아직 부서지는 빛입니다. 우리 이야기의 전령은 지금도 오고 있는 우리 자신입니다.

2013년 12월
수원새벽빛장애인야간학교 문학창작반 강사
황은주

꽃이 말할 수 없는 것 외13

신승우

너의 미소에 반했다 말하는 사람들에게, 발을 보여주렴.
길에서 흘린 그 땀과 주름, 그 생채기를.
네 눈빛에 입 맞추고 싶다는 사람들에게 발을 보여주렴.
지나왔던 이야기와 연결된 골목들이, 어디를 향하고 있
는지.

이젠 열매를 보고 꽃술과 나비의 설렘을, 궁금해하지
않아.
코를 세우고 턱을 깎을 순 있겠지만, 여행을 위해 물집을
터뜨리며.
신발 끈을 단단히 묶진 않지.

꽃송이를 보며 뿌리가 어떠할 거라, 감히 상상하지 말
기를.
드러난 것들만 진실이라고 배워온 눈에게, 뿌리는 생
경한
저편의 이야기.
뿌리는 길을 빨아들여, 오늘도 너를 피워낸다.

숲의 고백

가만히 옆에 누워도 어깨와 어깨 사이
이 별에 도시가 다 들어갈 만큼 떨어져 살다보니
나무와 나무 사이를 숲이라 하는 것 맞니?

가슴뼈가 얽히도록 끌어안아도 숲은 헐렁하고
나 위에 너를 더할수록 빈방이 나오는 셈을 배운다

숲은 빛에 항상 젖어 있었고
네 눈빛이 자꾸 내 안을 건드린다는 것은
어둠 속에서 기다리겠다는 말을 하는 것
무엇을 기다리는지 까맣게 잊은 채 기다리다 보면
고등어 가시가 삐져나온 외눈박이 노루가 쳐다보지도
않고 지나가고 엉킨 목의 노랑부리백로가 나무에 걸려
있곤 했다

가난한 맨발 소년이 할 수 있는 유일한 고백은
별들이 가는 행선지를 모르는 게 사실이라고
고개를 흔들며

발가락으로 어둠을 꼭 붙잡고 서 있는 것
눈을 감자 이제 빛이 나무와 나무 사이를 채울 것이다

어머니의 기자회견 1

어머니는 기자회견장에 가야 한다고 퇴원시켜 달랍니다
흰 가운은 난처한 이름의 약만 조절하지요
다른 환자가 소리 지르며 덤비자
병실로 도망쳐 온 얼굴에는
달리기로 받은 공책을 오빠들한테 뺏기던 샛노란 미소
가 걸려 있습니다
아버지 아픈 것도 자식들 아픈 것도 외국 다 보내서 고
쳐 주고
공부도 시켜 주고
집도 한 채씩 사 줄 거라며 행복해하십니다
괴로워하는 낡고 작아진 아버지에게 말씀드립니다
휴가를 내시는 중이라고 곧 돌아오실 거라고,
그래도 어머니는 저를 세상에 내어놓기 전 품고 있던
흰 보자기를 몸 안에서 놓지 않고 계십니다

시집간 누나가 한참을 끌어안더니 어머니를 목욕시킵
니다
말끔히 씻긴 기자회견장도 외국 병원도 새 집 한 채도

없지만

　어머니는 보자기를 내어놓지 않은 어머니입니다

어머니의 기자회견 2

어머니는 행복합니다

흰 가운을 붙잡고 자랑을 늘어놓는 눈빛이 웅웅거립니다. 아침일보, 구리일보, 주변일보 매일매일 신문에 자랑할 거리가 넘쳐납니다. 아파트 분양, 백화점 세일 광고, 자동차 광고 속으로 들어가 기뻐하느라 정신없이 바쁩니다. 자식들은 모두 50평짜리 아파트에 살고 당장 사야 할 물건들 이름이 신나서 날아다니고 어느새 신문 속 주인공이 되어 기자들이 기다리고 있다며 서둘러 화장을 하는, 퇴원해서 감을 거라는 어머니의 머리는 지나치게 새까매서 경건합니다.

다시 돌아오실 수 있을까 돌아오는 길을 잊으실까 조바심 나는 머리를 두들기며, 머리 감아라 웃으십니다

화장을 하는 소녀는 그저 투명해집니다

죽을 끓일까 생각한다

술에 지친 사내들이 웃통을 벗고 잔다. 꾹꾹 눌러온 욕지거리와 주먹들이 올라붙어 천장은 더 낮아졌다. 정작 소리 지르고 싶은 이름 대신 엉뚱한 멱살을 부여잡은 채 잠든다.

꿈이 문제다 지옥문을 긁는 소리, 저 뼈 가는 소리, 밝은 날 항상 좋은 입속으로 밥을 삼켰는데 턱은 송두리째 닳아버리겠지. 코골이 이갈이 잠꼬대 몽유병. 가슴이 꿈을 기억하지 않는다면 정신질환도 더불어 치료될 수 있을까.

집 나온 짐승의 땀 냄새가 갈리고 갈려 잠꼬대에 푹 절여지는 밤, 머리까지 송두리째 갈려도 거짓말처럼 새로 나올 이빨들.

낯선 여인숙을 빠져나오는 아침이다. 몇몇은 건조한 기침으로 해장할 것이고, 이제 막 젖니가 돋는 몇을 위해 죽을 끓일까 생각한다.

엑소시스트의 권태

흉측하게 조각조각 갇혀 있다
비밀스런 의식이다
깨진 거울을 신중하게 치운다

교리 시간에 들었던 이상한 소리
옆 사람의 욕망이 내 안에 서로 끓을 때
분노한 세상은 구원을 기도한 적 있을까

아무튼 시험에 안 나온, 괜히 필기까지 했던 말씀
　그러다 자식들이 학교에 다니기 시작하고 세상은 기도
를 끊어도 아무렇진 않았다는 말씀

버무려진 선악을 나누는 걸 포기하니
지옥과 천국은 마음속에 있다고들 한다
그냥 거울을 보자

눕기만 하면 들리는 이상한 소리
헤드셋을 바꿔 낀 스피커에서 자꾸 치치직, 혀 잘린 귀신의 옹알이.

　전원을 껐는데도 그런다

　피곤한 나는 놀라지도 않은 채 잠이 들곤 했다

　구천을 떠도는 소리 하나쯤 다 데리고 사는 법

뱀이 지나가고 있다

길 가장자리가 슬금슬금 움직여 뱀이 지나가고 있네. 왜 그랬을까? 쫓아가 머리를 찾으니 알았다는 듯이 뒤집어 눕고 점점이 떠오르는 네 발가락 지문, 발가락은 길고 달콤했었지.

뱀을 밟으러 가려고 그리 결연히 문을 나섰던가. 가슴에 머릴 박으며 뱀이 무섭다고, 사람인지 뱀인지, 이 악몽에서 깨어나고 싶더니 너를 떠올리는 순간 뱀은 없어지고 그림자 속으로 스며들었나 보다. 뱀이 기어가던 길 가장자리 그림자만 길게 스르륵 짙어졌다 이곳엔 나만 서 있는데 저 그림자는

뱀 위로 하루가 흐르는 정말 어쩔 수 없는, 살아야 하는 일들이었던가. 꿈꾸었던 일, 고작 뱀 가죽에 발도장 찍는 일이었나. 아니지 뱀은 몸이 발이니까. 그 발가락 지문은, 그러니까 뱀이 따로 있는 게 아니라 악착같이 살아간다 해봤자 결국 몸이 기어가는 것.

뱀이 지나가고, 4월, 발가락이 빨고 싶었다

포환을 던지다

절로 멀리 돌아가게 만든다
보기만 해도 무거워 겁먹은 발이 움찔거린다
반짝이는 부스러기들은 다 잡아먹었을 시커먼 알맹이
두터운 공 속에는 아무렇게나 꺾어진 철탑
구겨진 놋사발

뱉자마자 땅속으로 무너져 내리던 가래들
모두 잔뜩 구겨져 있을 것이다
옮기려면 저 끈을 잡고 전부를 기울여 당겨야 한다
포만한 근육으로는 어림없다
악착같이 당겨 돌려야 간신히 다른 곳으로 던질 수 있다

시작은 했지만 끝을 외면할 수도 있다
묵직한 속도에
쓰러지지 않으려
간신히 그 무게에 딸려 가는데

무게에 휘둘리는 순간, 이건 꿈이 아니구나

먼지를 뒤집어쓴 옛 노래가 가루로 쏟아진다

돌잡이 때 흐르던 노래

그때 잡지 못한 실을 풀러 가 본다

추락하는 귀신을 보다

떨어질 기회가 있다는 것
과거에는 순순했다는 착각
스트레스로 바뀌고 있다는 거지

셈을 하는 건 아니야. 각오가 아닌 포기는 얼마나 쉬운지. 한 발짝만 헛디디면 그간의 부채는 누구도 묻지 않는단다.

근사했다. 저녁 언덕을 휘파람 소리로 날면 깨진 머리에서 흐르던 피의 기억, 노을이 되었지. 살아 있어야 이렇게 진한 노을로 번지다니.

귀신도 사람의 일인지라 지겨웠다. 세상의 모든 밤을 날아다녔다. 하늘은 학생들의 지난 계절 일기장을 모조리 읽어봐야 하는, 선생님의 뿌연 안경처럼 찐득해져 날기도 힘들었다.

뒷모습을 본다는, 산 것이 중얼거리던 말이 기억났다.

생사가 하나라던가. 하늘 꼭대기로 오르기 시작한다. 악
착같이 기어오르는 귀신들. 뛰어내리면 끝이다. 지난번
생처럼.

　무슨 아기가 떨어지듯 나오네
　축하합니다 예쁜 공주님이었어요

죽은 용은 심심했다

고추가 매운 것도 침이 흐르기 때문이지. 다 상대가 있으니까 있는 거지. 그 상대 말인데 헤어지지 않는 게 있다면 굉장한 우주가 쩔쩔맬 거야. 떨어지는 꽃송이들 다 가시를 머금고, 가시 없는 내숭들. 죄다 독을 숨긴 지루한 계절. 멈춘 적 없이 툭, 툭, 꽃 울고 새 떨어지는 것들. 죽지 않으면 꽃은 다시 날지 않으니까

심심한 죽음으로 꽉 찬, 툭, 부러진 슬픔이 녹아 흐르면 세상 온갖 풀들이 미친 듯 무성하지. 그러니까, 반짝이는 것들 중엔 꽃도 섞여 반짝거리겠지만 멈추지 않으면 부러지지 않으면 어떻게 흐를 수 있겠어. 눈사람이 녹지 않는다면 끔찍하겠지. 심심하다는 건 어디에서 무엇을 해도 마음이 깊다는 거다. 멈추지 않으면 흐르지 못하고, 심심할 때 어떤 일은 일어나는 것.

용이 천만 번 변한 모습만 기억하지
천만 번 떨어져 죽은 건 그 누구도 기억하지 못하지

포장 인형

손등을 흐르는 푸른 시내 마시고 싶었어. 네가 시내를 건너면 물은 말라붙었고 고기는 뼈만 남았어. 바다를 쳐다보면 해수면이 낮아져 어부들의 근심이 되지. 같이 있으려하면 공기가 쪼그라져 달라붙는, 알아, 그런 기분?

멀리서 보기만 해도 가난해지는 뼈를 포장한 인형. 어느 날 자신을 닮은 작고 가는 호신용 바늘을 보여주었지. 장미의 발톱.

콧구멍 속 바들바들 떨고 있던 그녀의 병든 폐. 간헐적 기침은 겨울 먼지로 구름을 만들었고 가난만큼 깨끗한 거울을 찾지 못했지.

툭, 툭, 오늘도 손끝으로 건드리기만 하면 그녀의 목젖과 연결되는 상자가 푸석거린다. 언제 찔렸는지 인형들의 발톱 때문에 그녀의 대답이 불편하다.

구멍 쾅쾅 다리

여기 밑으로 다 물이 흘렀어 저쪽에서 여기까지

그때는 구멍이 쾅쾅 뚫린 철판을 이어서 다리가 있었
는데 말이야

건너려고 하면 동네 형들이 겁주려고 일부러 발을 쾅
쾅 굴렀었는데 말이야

떨어진 적 없지만 동무들 몇 놈은 더러운 물에 빠져 기
어 나와서

용역들도 아닌데 부르기만 하면 뭉친다는 거지

나는 한 번도 떨어지진 않았는데 말이야

그때 쾅쾅 구른 형들은 다 뭐하며 사는지 몰라

그때 아슬아슬하지 않았다면 다리는 개울도 친구들도
없겠지

살다보면 좋았던 기억으로만 사는 건 아니지 않은가

나는 너에게 구멍 쾅쾅 다리는 건너갔는가

발작

배꼽 때처럼 눈물 마른 자리 소금 자국
박스티 차림의 바다가 방파제를 헐렁거리며 돌아다닌다

보통의 소화 장애는 아니었던 것 같습니다. 대뇌 심장
의 간헐적 경련과 발작을 일상생활이 곤란하고 헛것을
보는 현상이 지속되는 걸로 보아 독극물에 천천히 중독
된 것 같습니다. 마지막 정리를 위한 여행이 어떠신지요.

그깟 사랑 시나 써 보려고 여자 한 개를 잡아먹었다.
굶주린 식욕은 손톱 눈썹 하나 빼놓지 않고 송두리째 저
렴한 미용실 머리, 가끔씩 찍던 입술 색, 박스티, 또각구
두, 말라빠진 발가락, 안쓰럽던 가시까지 해치웠다. 떠나
기 전 다 먹어치웠다. 그런데

우연히 찍힌 관광객 사진
바다는 발작하듯 시인을
치고 있었다

취했다

술 마시러 간다

바닥에 흩어진 고기 몇 점 전속력으로 떨어진다

그녀가 날 사랑한대

승강기 문이 닫히자 우린 중얼거렸다

그럴 뿐이다 그것뿐이다

창밖은 뚝뚝 추워진다

술을 먹는다

사람들은 와이셔츠 넥타이를 풀어놓는다

바닥에 흩어진 고기 몇 점

피곤해 보일 뿐이다

술을 먹는 것일까

와이셔츠에 싼 넥타이를 먹는 것일까

하얀 넥타이들이 기름장에 젖는다

너는 억압을 섞어 마신다

작년에도 그 전에도 들었던 이야기

지겹지도 않은 풍경

알코올이 몸에 흡수되면 가슴에서 혀로 기어 나오는

상처들

내일은 안주로 달달한 과자를 주는 술집에 가자

나쁘지 않다

너는 대꾸하고

흩어진 고기 몇 점

밖으로 나오면 사람들이 걸어간다

잘 닫히지 않는 서랍도 취하고 싶을 때가 있다

방문을 닫으면 서랍 속에 술 한 병과 자른 넥타이 몇 점을 넣어 주자

너는 오늘 취해 보기를

곰의 춤 외2

강민산

뚱뚱하다
거울 속 곰의 허리
휘어진다
겨울 속 곰의 어깨

휠체어를 타기 전
열여섯 살
귀여운 까치발로
나는 걸었었다

아니에요
얼마나 예쁜지 아세요?

곰 한 마리 춤을 춘다
뒤뚱뒤뚱 비틀비틀
아름답게
눈 시리게

가방

희망을 끝까지 포기하지 말자
불안하지만
지퍼가 열린 가방처럼
나의 꿈 희망 미래
모두 다 여기에 넣고 싶다
힘들다
나에게 소중한 것
다시 시간의 지퍼를 열며

파란 풍선

문학 수업을 했지. 선생님께서 상자를 가지고 오셨어. 상자 속에 무엇이 있을까? 아이들이 상자 주위로 모여들었지. 사탕. 초콜릿. 팬티. 머플러. 루즈. 눈이 반짝반짝 빛났지만 상자를 공개했을 때 우리는 실망하고 말았어. 상자 속 물건은 우리의 상상과는 달랐어. 상자 안에는 풍선이 가득 들어 있었지. 흔한 풍선. 행사가 있을 때도 불고 행사가 없을 때도 불고 개업식장에서도 불고 폐점업소에서도 부는 풍선, 풍선, 풍선들. 좋아하는 색을 고르는 일도 재미없었어. 선생님은 희망을 써넣으라고 했어. 나는 파란 풍선을 택했지. 창문을 열고 교실 밖으로 풍선을 날려 보냈지. 희망이란 뭘까. 파란 풍선을 파란 하늘로 날려 보내는 일일까. 빈 상자를 보았는데 무언가 남아 있는 것 같았지. 상자에 대한 상상을 다시 하기 시작했어. 빈 상자였는데 상자 안에서 파란 풍선들이 쏟아져 나올 것처럼, 상상을 하기 시작했어.

홀로 방 안에서 외2

김배근

홀로 방 안에서 무얼 생각하는지
행복이는 마냥 행복해 보입니다

방 안에는 그저
행복이가 좋아하는 노래만 나오는데 말이죠

홀로 방 안에 있는 행복이는
행복해 보입니다

방 안에는 행복이가 혼자 있는데
행복이는 아주 행복해 보입니다

커피와 우유

아침을 시작하는 마음으로
검은 커피를 마시고
저녁을 마무리하는 마음으로
하얀 우유를 마신다

아침엔
하루의 계획과 하루의 소망으로
커피를 마시고
저녁엔
하루의 반성과 하루의 기억으로
우유를 마신다

내 하루는 검고 희다

거울 앞에서

거울 없는 세상에 살다가 거울이 가득한 세상에 놀러 간 아이가 있었다. 황홀했어. 거울이 있는 세상에 갔다 온 아이가 거울을 보지 못한 아이에게 말했다. 거울이 가득한 세상에는 가지 않을 거야. 아이는 거울이 가득한 세상이 궁금하지 않다고 말했지만 어느 날 거울 앞에 서 있는 자신을 발견했다. 두려움에 떨면서. 아이는 거울 앞에 서서 거울 안에 있는 아이를 보고 있었다. 너도 두려움이 많구나. 거울 앞에 있는 아이가 한 걸음 뒤로 물러서자 거울 안에 있는 아이도 한 걸음을 물러섰다. 아이의 얼굴이 멀어지자 아이와 아이 사이에 벽이 있는 것처럼 느껴졌고 아이에게 더 깊은 두려움이 생겼다. 거리가 너무 멀구나. 다가와. 나도 다가갈 테니. 아이가 말했지만 거울 속 아이는 다가오지 않았다. 할 수 없이 아이는 거울 앞으로 한 걸음 다가갔다. 둘 사이에는 벽 같은 게 있었다. 거울 속 아이와 더 가까워지고 싶었던 거울 앞의 아이가 거울을 깨기 시작했다. 거울 속에는 또 다른 거울이 있었고. 아이는 또 거울을 깨기 시작했다. 두려움 속에서. 거울을 깰수록 거울 속의 아이가 자꾸만 멀어지는 것을 보며.

거울과 겨울 외4

안다현

내가 어렸던 시간은 과거라 부르고
내가 어른이 될 시간은 미래라 부른다
나는 두 가지의 세계를 가지고 있다
과거는 나의 어릴 적 모습의 추억으로
미래는 내가 어른이 되어 꿈을 이룬 이야기로
가득하다
그러나……그 두 가지의 세계를 생각할 때마다
나는 여러 가지 나라에 데려다 준
꿈의 세계에서 깨어나고 거울 앞에 서서
새롭고 다른 세계에 빠져버린다
그 새로운 세계는 거울 앞에서 시작된다
거울에는 내가 알지 못하는 내가 있을지
나는 다시 거울 앞으로
나의 모습을 지우며 다시 겨울 앞으로
저, 흰 눈 속에 누가 있는지

숲속 동물들이 알고 있는 마음

울창한 숲속에서 울려 퍼지는 맑고 귀여운 새의 노래와
나의 귀를 살짝 스쳐지나가던 한 가닥의 바람이 알려
주었다
흙탕물이 되어 더러워질 것 같았던 나의 마음을
강물이 흐르고 있는 맑은 호수처럼
무엇도 더럽힐 수 없다고
한 개의 수정 같은 맑은 호수에서 헤엄치는
작은 물고기들이 알려주었다

내 얼굴의 미소를 선물해준 고마운 새들과 물고기들은
나에게 또 다른 선물을 주었다
물고기 같은 몇 마디 말들
"당신의 마음은 우리가 살고 있는 물처럼 투명해요."
새 같은 몇 마디 문장들
"우리가 당신에게 불러드렸던 노래처럼."

퍼득이는 문장들이 떨어진다
나는 떠오른다

계절

봄은 오색 꽃을 피우고
살짝, 꽃샘추위를 몰고 오는
간지러운 계절

여름은 따가운 햇빛을 비추고
시원한 바다를 보여 주는
변덕쟁이 계절

가을은 붉은 노을을 비추고
붉은 잎 한 잎 두 잎 떨어지는
잎 촉촉한 계절

겨울은 높은 하늘에서 눈 내리고
벌판의 사람들 포근히 덮어 주는
하얀 계절

어느 계절에 내 눈은 빚어졌을까?

빛과 어둠 1

빛이란
사랑 기쁨 웃음 희망 같은
아름다운 감정이 모이는 곳
마음속에 있는 빛이 반짝이면
너희를 찾아갈게

어둠이란
미움 질투 욕심 죽음 같은
더러운 감정이 가득한 곳
마음속에 있는 어둠 자라면
하늘아, 캄캄해질게

빛이 있는 곳으로 어둠이
어둠이 있는 곳으로 빛이

오늘 새벽.

빛과 어둠 2

그래서

빛을 가진 사람에게 어둠이라도 말해주면
어둠을 가진 악마가 되고

어둠을 가진 사람에게 빛이라도 말하면
천사가 되지

마음의 빛이 반짝인다면
그것은 날개를 얻는 일

마음이 어둠으로 캄캄하다면
그것은 뿔을 얻는 일

그래서.

먼지 외5
— 龍山에 올라서

유수현

굉음에 놀란 그들이 흩어진다
아뿔싸, 발자국을 남겼다
이제 어떡하나
꼭꼭 숨어라
손에 땀이 밴다

사라져 간 그들의 이름을 불러본다

대답이 없다

선線

선을 긋다 어긋나면 때론 하늘이 될 수 있지
아니, 하늘을 오를 수 있는 사다리가 되나?
오늘 수업은 그런 의미인 것 같다
딴지를 걸고 앉은 자리
얌전하게 따랐으면 되는데
그렇게 고운 선을 긋고 싶지 않은 것

수업을 마치고 화장실에 갔다
문고리가 달라 보인다
장난스럽게 혀를 내밀고 있는 듯
입맞춤을 하는 듯
차가운 계절의 문고리인데
따뜻했고 어느새 선은 궤도를 벗어났다

토막

매몰된 기억이 문득, 나를 흔들어 놓는다
그 기억을 흘려보낼지
영상으로 붙들지
1초 2초 3초⋯⋯
좋다
짧아도 흔들어 놓았다 흔들린 것들을 만나야겠다
명쾌해 이 정도면 충분해
한 토막 이유가 나를 위로했다

소리

내가 보았어
구멍으로 다 보았어
주인 잃은 망사리엔 말이 걸려 버둥대고
돌 틈에 낀 바람은 숨소리가 힘겨웠어
검붉게 닫힌 입술 끝으로 모래를 흘려버린 전복은
널브러져 뒹굴었고

그 해 사월 삼일부터
예순여섯 해 동안 늘 그 소리다

등에 박힌 구멍 사이를 제주 할망,
자꾸 들여다본다
갈라진 발뒤꿈치가 또 가려운가 보다

구멍 속에, 그 소리들

단편들

결 고운 딸아이의 머리를 헝클어뜨린다
간지럼을 태운다
작은 등이 꺄르르 웃는다
사라진 꿈이 뾰족한지
작은 손은 자꾸만 베갯잇을 구긴다

소매 닳은 겨울옷을 싹둑 잘라
먼지 묻은 항아리를 닦아낸다
고운 색이다
화단의 상추가 색 붉다
똑똑 떼어놓고 장 한 점 담뿍 담아
한 입 크게 먹는다

숱 빠진 퍼석한 빗자루를 든 남편이
기지개를 펴듯 마당을 쓸고 있다

일기장 위에 점점이 박혀가는 단편들

황혼의 춤사위

단단하게 붙어 있는 포스터. 황혼의 버선발이 분주하다. 오늘은 첫 공연이 있는 날. 그녀도 한때는 열일곱 소녀였을 거야. 흰 옷에 가려진 어깨의 선. 너울 속에 들숨 날숨이 팽팽하다. 날 선 숨 위로 빗방울이 팽그르르. 파열음을 낸다. 튕겨진 숨 하나가 휘어진 등을 타고 버선발에 떨어진다. 그녀도 한때는 스무 살 처녀였을 거야. 검정 고무신을 벗어놓고 진달래를 향해 쏜살같이 달려갔을 거야. 배꼽을 타고 웃음소리가 몸을 퍼져나가던 날들 있었을 거야. 오늘은 그녀의 첫 공연이 있는 날. 포스터 위로 비가 내린다. 까만 눈동자 위로. 하얀 버선 위로. 포스터가 떨어진다. 둥그렇게 말리며 버선코처럼. 그녀도 한때는 별빛 삼형제 키우던 아이들의 엄마였을 거야. 저 손으로 아이들의 무덤에 흙을 덮고 진달래 심었을 거야. 포스터 속에서 황혼의 여인이 슬픈 춤을 춘다.

스물둘째 날 외5

이승아

눈 덮인 스물둘째 날
홍아홍아 미스 홍이랑
우리 두리 단 둘이 세상 밖으로
홍시처럼 발그레 볼이 고운 홍이랑
두리두리 오순도순 밀고 끌며
사박사박 눈바람 헤치어 날아간다네
홍아홍아 미스 홍의 휠체어 바퀴
눈 덮인 스물둘째 날

진주

너와 나 사이 눈밭이 너무 넓어
우리 만나기 어렵네
발만 동동 구르네
서걱서걱 발사위 떼기 서럽네
하얗게 뒤덮인 세상
하얀 모래 위 햇살 비춰
숨
막히는데
널 향한 내 마음 아롱아롱
매서운 바람 겹겹이 여물어가네
한 알의 진주가 되네

밑 빠진 독

채워도 채워도 채워지지 않는
아버지와 딸

언제부터였을까 그분 앞에서 움츠러들고 쪼그라지는
당신의,
　그분으로부터 빚어진 옹기에는 꼬물꼬물 간지런 이야
기가 듬뿍
　진달래 화성 시집 스케이트 자전거 카메라 스케치북
　달콤한 맛이었지

누가 알겠는가 그분 앞에서 죄인이 된 당신의,
　그분으로부터 빚어진 옹기에는 먹빛 이야기가 듬뿍
　자동차 병원 성경 손수건 약 진단서 기도
　쓰고 매캐한 맛

밑 빠진 독이라고 깨뜨릴 수 있겠는가 내 안에 당신의,
　그분으로부터 빚어진 옹기에는 거울 같은 이야기 하나
　딸 속에 아버지
　옹기를 새로 빚어 듬뿍

온도

그대 아는지
머리에서 피는 말과 가슴에서 지는 말의 차이를
그대 머릿속에서 꺾인 말들
싸늘히 떨어진다

그대 아는지
희망이 뱉은 말과 낙담이 삼킨 말의 차이를
그대 가슴속에서의 나 움트는 봉오리
발갛게 되었네

그대 경멸의 시선에서 나 길 잃은 새
그대 격려의 눈빛에서 나 비상하는

새,

들의 온도 차

여드름

여드름 때문에 미장원에 갔다
'누굴 좋아하니?'
미장원 언니가 물었다
여드름 때문에 병원에 갔다
용암이 끓어오르듯 솟아오른 여드름을 제압할 수 있을
것만 같아
'번쩍번쩍 대리석처럼 만들어 줄게'
의사 선생님이 말했다
'번쩍번쩍 빛나는 금을 가져온다면'
여드름 때문에 화장품 가게에 갔다
'상품으로 만들어 줄 수 있지'
화장품 가게 언니가 말했다
여드름 때문에 아무 곳에도 가지 않기로 했다

눈과 눈

오늘은 1년에 한 번 눈 검사가 있는 날. 검사는 하얀 도화지 위에 해님 그리기. 붉은 불빛 하나만 응시하며 하는 두더지 게임. 사방에서 튀어나오는 점들을 얼마나 잘 때려잡느냐가 경기 승패의 중요한 요인이 되지. 크고 작은 점들. 때론 희미하게 때론 선명하게. 몰려드는 점들이 신기루처럼 야속하지. 하나 남은 눈이니 눈물은 아껴야지. 눈 부릅뜨고 검사를 받아야지. 시야가 좁아지는 날들. 우리에게 불안한 날들이란 그런 것을 의미하지. 언제쯤에나 실명될 수 있나요? 레지던트가 웃지. 아직은 설명할 수 없단다. 나도 웃지. 그럼 결혼해도 되겠네요? 모두가 웃지. 오늘은 1년에 한 번 뿐인 눈 검사 하는 날. 밖엔 소복소복 눈이 내리지. 하얀 눈길을 보는 시야가 자꾸 좁아지지. 눈물은 아껴야지.

양산 외2

조르르, 주인공은 아니야 멋진 대사와 행복한 표현은
감각적이지 않아 양산은 앞서 가고 뙤약볕과 논두렁과
비단뱀이 앞서 가니 바라보면 눈이 구불거려 눈을 뜰 수
가 없다고 해도 양산 속으로 들어갈 수 있다고 해도

화사한 지문과 즐거운 감정은 감각적이지 않아 양산은
먼저 펴지고 아지랑이와 과수원과 딸기가 먼저 펴지니
바라보다가 혀가 붉어 딸기를 깨물 수 있다고 해도 양산
을 달콤하게 펼 수 있다고 해도 주인공은 아니야

마흔 살 넘어 깨어보니 조르르, 양산을 뒤따라가고 있
어 겨울 많은 동네로 오는 여름이야 여름에 오는 봄날이
야 폐쇄적인 가계家系는 마흔 살보다 어린 과부가 얼음
항아리에서 꺼내 놓는 불길로 느닷없이 뜨거워지지

양산을 펼치다 살이 두 개 부러졌는데 그냥 버렸어 살
은 완벽해야 하고 뒤따라가던 두 아이가 주인공일 필요는
없잖아 양산 밑에서는 푸른 뱀가죽 구두를 신어야 해 등

푸른 물고기 치마를 입어야 하고 살짝 살 오른 허리가 팔
랑거려야 푸른 뒤태인 것은 쉿, 감각적인 비밀이야

　아이가 쳐다보는 푸른 등에선 모든 양산이 순수해져
어른 여인은 순수하고 어른 여인의 패악은 순수하고 어
른 여인의 비참은 순수해 등이 녹슬지 않아야 하는데 조
르르, 정면엔 관심 없어 기일이 아니더라도 가끔 뒤따라
갈게 길이 아니더라도 가끔

완벽한 숨

첫째 날
그들은 약의 탄생에 관하여 논의하기 시작했다 표준이
되어야만 임상실험의 대상이 될 수 있다 규칙과 부작용에
관하여 임상실험의 대상이 될 남자에 관하여 그 남자는 표
준의 키에 표준적 혈액을 가졌고 숨을 쉴 때마다 혼돈과
폐허를 본다고 말했다 그가 둥근 알약을 먹기 시작했다

둘째 날
봄에 봉숭아 씨 몇 알을 손목에 떨어뜨리면
파란 점이 돋아났지
파란 수궁의 문패를 만져보렴
반짝반짝 왕족의 신호를

셋째 날
북극의 시간이 숨죽인 동안
입술을 찍어 놓은 등은 오톨도톨 붉어졌지
서걱대는 열애에 귀 기울여 보았니
뜨거움에 자지러져 깔깔거리는

넷째 날
아이들은 운동장으로 달아나버렸어
불주사를 맞는 날이면
새들의 귓불이 새카맣게 타버리도록
불이야 불이야

다섯째 날
　그는 약의 탄생에 관하여 적기 시작한다 그 이전에 그
들이 있었고 혼돈과 폐허가 있었다, 라고 적기 시작한다
약은 무엇으로 만들어지는가, 라고 적는다 신열이 났던
시간들을 꼼꼼히 적으며

여섯째 날
그들 이전의 형상에 관한 기록을 찾는다
"우리가 약의 형상대로 너를 빚자"

일곱째 날
그리고 숨이 있었다

분분芬芬

분분 흩날리는 머리칼은 조연이고
감독의 말 속으로
돌들 쏟아지는 바람은 미완의 컷이라네

술잔을 띄우려 돌 위에 굽이굽이 물길을 그릴 때
처음이었네
돌의 파안대소와 꽃의 정지
여왕의 천문은 벽돌 속에 있었네
깨뜨리면 뒤집히는 길흉
무릎이 닳고 무덤이 닳고 볕이 닳아야 읽을 수 있는,
꽃들 폭발하는 계절에는 돌의 마모도 현란해
여왕은 잠시 탁본의 혼몽에 드는 중

돌사자의 갈기를 들추고 귀를 찾으면
눈 먼 아이의 노래가 들렸네

제 갈기를 부수어
다섯 개 공깃돌과 다섯 송이 꽃을 빚을 동안

꽃그늘은 머리가 아프다네
낮술에는 대본이 없이 중얼거리라는
코멘트

귀를 열어 돌 속에 숨은 산들바람을 불렀네
돌은 가장 오랜 롱 테이크
찍고 있는 돌문으로 슬며시 지나가는 행인 하나
필요 없는 영화에 잔잔한 행인이고 싶었네

주인공의 장면 속으로 바람이 몰려오고
돌들 흩어지는 속도로 분분, 꽃들이 지네

장애인 창작집 발간지원 사업 선정 작품집

동인시집
2막 그리고 새로운 빛

1쇄 발행일 | 2013년 12월 20일

지은이 | 가온누리 · 새벽빛
펴낸이 | 정화숙
펴낸곳 | 개미

출판등록 | 제313 - 2001 - 61호 1992. 2. 18
주소 | (121 - 736) 서울시 마포구 마포대로 12 한신빌딩 B-109호
전화 | (02)704 - 2546, 704 - 2235
팩스 | (02)714 - 2365
E-mail | lily12140@hanmail.net

값 10,000원

주최 | 대한민국 장애인 창작집필실
주관 | 장애인인식개선오늘(고유번호 305-80-25363. 대표 박재홍)
심사 | 발간지원 사업 심사위원회
후원 | 대전광역시, 대전문화재단, 계간 문학마당